澳洲动物故事

考拉凯拉的
故 事

［澳］苏珊·霍尔 文

［澳］本·盖伊 图

张婧 译

国家图书馆出版社

看到地平线上升起了烟雾，考拉凯拉吓得浑身发抖。

"着火啦，着火啦！"动物们大声呼喊着。

"快跑啊！"鹦鹉卡尔尖叫着，一边飞一边喊，"往海边跑！"

"等等我，"凯拉惊慌地哭了起来，"我不会飞啊！"

凯拉费劲地从她最喜欢的桉树上爬下来。她第一次遭遇丛林大火，完全不知道该怎么办。

　　"大海在哪边？"凯拉问逃窜的蚂蚁。但是他们正忙着冲回地下的蚁穴。

“往哪里跑才安全啊？”凯拉问袋鼠。

但是他们正忙着跳来跳去，在丛林中寻找出路。

“你们可以告诉我该往哪边走吗？”凯拉问知了。可是他们正吱吱叫着飞向高空。

空气变得滚烫，浓烟熏黑了天空。桉树叶被烧着了，发出噼里啪啦的声音。亮橙色的火焰像饥饿的野兽一样舔食了树顶。

"我该往哪里去呀？"凯拉呜咽着说。

红色的火焰在大地上蔓延，很快就要追上她了！

"救命啊！"凯拉大叫，但是没有听到任何回应。

凯拉周围的一切都在燃烧。

凯拉绊倒在火热的地上，"我的爪子！"她疼得大叫。

一根烧着的树枝掉在凯拉旁边，火星飞溅到她身上。

"我被烧着了！"凯拉抽泣着。

凯拉贴在地上慢慢地爬过浓烟。

"我爬不动了！"她呻吟着。

突然，她停了下来。她看到前面有几个黑影。

"直立兽……"她小声说。

大火咆哮着向远方燃烧。其中一个直立兽说："哟！真走运，风向变得可真及时。"

一个小直立兽独自站在一边抽泣。

"妈妈，我把洋娃娃落在了谷仓里，大火把她烧掉了！"

虽然凯拉自己也很疼，但她还是为小女孩的遭遇感到难过。

小直立兽突然看见了这只受伤的小考拉。

"妈妈！爸爸！"她叫道，"这里有一只好玩的小熊。我能养她吗？我真的很想养她！"

凯拉被叫声吓坏了，慢慢地往冒着浓烟的森林里退缩。

"别走！"小直立兽叫道。

她一下子把凯拉抱进怀里。小考拉被吓傻了，忘记了挣扎。

小直立兽的爸爸接过小凯拉，又把她放回了地上。

　　"你不能养这只动物，格蕾西，"他说，"但是你可以喂它喝点东西。"

　　"那我再给它拿点吃的。"小直立兽边说边向房子跑去。回来时，她端了一个碗，放在凯拉的鼻子底下。

　　"他们难道不知道我只吃桉树叶子吗？"考拉感到很奇怪，"而且我肯定不会喝这种白色的东西！"

"爸爸，她为什么不吃呀？"小女孩问，"难道她不饿吗？"

"我也不知道，"爸爸回答说，"但是我听说这种小熊不太聪明。我从来没有近距离观察过这种熊。"

"可怜的小东西，她的爪子和皮毛被烧伤了。"

"我们必须照顾她！"小直立兽坚持说。她抱起小考拉，朝房子走去。

"妈妈，请帮我照顾这只小熊吧！"

"她想把我带到哪里去啊？"凯拉害怕地想着。

"我们可以给她的爪子上点药，帮助伤口愈合。"小女孩的妈妈这样建议。她在凯拉的爪子上涂了一些蜂蜜。

"这只小熊不吃这些果子，也不喝牛奶。"小直立兽非常失望地告诉妈妈。

"考拉吃桉树叶子。"一位年长的直立兽告诉她，"其实它们不是熊。"

小直立兽跑了出去，带了一束桉树叶回来。她把叶子放在了凯拉面前。

凯拉轻轻地咬了一片叶子。

"她吃了！"小女孩兴奋地大叫起来。

"先把她放在旧衣服篮子里吧，"小女孩的妈妈说，"等她养好伤，就得回到森林里去了。"

　　"可是我想养她！"小女孩不高兴地说。

　　"和我们在一起，她会很不开心的。"妈妈解释说。

　　"和我们在一起，你不会不开心的，"小直立兽悄悄地对凯拉说，"我会永远永远照顾你的。"

凯拉被抱进一个篮子里。

她想要爬出来，可是她的爪子太疼了。

"不许逃跑。"小直立兽命令道，"我会把你的伤养好，然后我们就可以一起玩很多很多游戏了。"

于是，凯拉缩回了篮子里。

几天后，凯拉可以慢慢地爬出篮子了。

"我必须回到我的树上。"她一边想一边慢慢地往门口爬。

"不，不，小熊！"小直立兽责备她，"你不能走。现在这里就是你的家。"

她把凯拉放回了篮子里。

"可这不是我的家啊，"凯拉抽泣着说，"我好想我的树啊！"

第二天早上，凯拉坚定地说："我今天真的要离开了，没人能阻止我。"

凯拉悄悄地向门口移动。

就在她要爬到门口的时候，爪子却被什么东西勾住了。

"天啊，我被困住了！"她哭起来。

她用力地拉呀拉，终于挣脱了，趁着还没人发现，溜出了大门。

凯拉一路爬呀爬，小心地避开冒烟的叶子和烧毁的木头。突然，背后传来"咚咚"的脚步声。

"啊，不要！"她叫道，"难道我又要被他们抓走了？"

凯拉藏到一根木头后面。小直立兽没有看到她，就往别的方向跑去了。

凯拉继续走啊走，下定决心要找到她的树。可是，当她终于来到那棵树下，凯拉却不敢相信自己的眼睛。

所有的树都被烧了。所有她喜欢打盹的地方都不见了。所有长着鲜嫩多汁叶子的桉树枝都消失了。

"你们还在吗？你们还在吗？"凯拉喊道。

丛林好安静。大家都不在了。

"卡尔！"她大声喊叫，"鹦鹉卡尔，你在哪儿？"

但是没有任何回应。

凯拉沿着来时的路慢慢往回走，感到心都要碎了。

"我该怎么办？"她想，"我该在哪里安家呢？"

突然，她看到小直立兽伤心地蹲在一棵桉树旁。

凯拉看到那棵树顶上的树枝还挂着一些桉树叶子，于是蹑手蹑脚地靠近那棵树。

凯拉开始爬树。

小直立兽听到头顶有声音，抬头向上看。

"你回来了！"她对凯拉说，脸上露出灿烂的笑容，"要是你能住在这棵树上就好了，这样我们就可以做邻居了！"

"也许我可以在这里住一段时间，"凯拉打着哈欠说，"这里看上去还挺好的。"

接着，凯拉进入了疲惫却满足的梦乡。

考 拉

Koala

　　早在几千年前，澳大利亚的土著居民就已经对考拉这种动物非常了解。但是欧洲人第一次看到这些澳大利亚特色动物时，觉得它们非常奇怪。他们画下这些动物的样子，并带回欧洲，但是许多画都画得不太好。过了很多年，欧洲人才足够了解这些动物，并能准确地画出它们的样子。

欧洲人第一次看到考拉时，
他们认为这是一种猴子……

或是熊……

这里有几张欧洲人第一次来到澳大利亚时画的考拉的画。最开始，他们把考拉画得有些像猴子。

他们还把考拉画成这种怪样子，腿很长，像熊一样在地上走。

有些图画里，考拉长着小耳朵和奇怪的脚趾。

这只可怜的小考拉头很扁，鼻子很尖，眼睛像
扣子一样可笑！它的脸看上去不太像考拉，是吧？

　　欧洲人在澳大利亚生活了很多年以后，终于学会了爱考拉。

　　考拉是澳大利亚第一批成为保护物种的动物。

图书在版编目（CIP）数据

考拉凯拉的故事 /（澳）苏珊·霍尔（Susan Hall）文；（澳）本·盖伊（Ben Guy）图；张婧译 . -- 北京：国家图书馆出版社，2017.6
（国图绘本花园）
书名原文：The Tale of Kyla Koala
ISBN 978-7-5013-6094-9

Ⅰ.①考… Ⅱ.①霍…②盖…③张… Ⅲ.①儿童故事—图画故事—澳大利亚—现代 Ⅳ.① I611.85

中国版本图书馆 CIP 数据核字（2017）第 096998 号

北京市版权局著作权合同登记号：01-2016-9043

NLA
publishing

The Tale of Kyla Koala

Text by Susan Hall; illustrated by Ben Guy
© National Library of Australia 2011
Chinese translation copyright © National Library of China Publishing House

书　　名	考拉凯拉的故事
著　　者	［澳］苏珊·霍尔 文 ［澳］本·盖伊 图 张婧 译
丛 书 名	国图绘本花园
责任编辑	邓咏秋
特约编辑	王 玮

出　版	国家图书馆出版社（100034 北京市西城区文津街 7 号）
	（原书目文献出版社 北京图书馆出版社）
发　行	010-66114536 66126153 66151313 66175620
	66121706（传真） 66126156（门市部）
E - mail	nlcpress@nlc.cn（邮购）
Website	www.nlcpress.com →投稿中心
经　销	新华书店
印　装	北京金康利印刷有限公司
版　次	2017 年 6 月第 1 版 2017 年 6 月第 1 次印刷

开　本	787×1092（毫米） 1/32
印　张	1.5

书　号	ISBN 978-7-5013-6094-9
定　价	15.00 元